Les chiots magiques

La tête dans les nuages

L'auteur

La plupart des livres de Sue Bentley évoquent le monde des animaux et celui des fées. Elle vit à Northampton, en Angleterre, et adore lire, aller au cinéma, et observer grenouilles et tritons qui peuplent la mare de son jardin. Si elle n'avait pas été écrivain, elle aurait aimé être parachutiste ou chirurgienne, spécialiste du cerveau. Elle a rencontré et possédé de nombreux chiens qui ont à leur manière mis de la magie dans sa vie.

Dans la même collection

Vous avez aimé

les chiots magiques

Écrivez-nous
pour nous faire partager votre enthousiasme:
Pocket Jeunesse, 12 avenue d'Italie, 75013 Paris

Sue Bentley

La tête dans les nuages

Traduit de l'anglais par Christine Bouchareine

Illustré par Angela Swan

POCKET JEUNESSE

Titre original:
Magic Puppy – Cloud Capers

Publié pour la première fois en 2008
par Puffin Books, département de Penguin Books Ltd, Londres.

*À Ziggy, un affreux à quatre pattes bien mignon
malgré son sacré caractère*

Loi n° 49-956 du 16 juillet 1949 sur les publications
destinées à la jeunesse: mars 2010.

ISBN 978-2-266-18935-4

Mon petit Foudre chéri,

Tu as été si courageux depuis que tu as échappé aux griffes du cruel Ténèbre !

Ne t'inquiète pas pour moi, je me cache en attendant le jour où tu seras assez fort pour prendre la tête de notre meute. Tu dois continuer de fuir Ténèbre et ses espions. S'il découvrait cette lettre, il n'hésiterait pas à la détruire.

Cherche un ami sincère, quelqu'un qui t'aidera à accomplir la mission que je vais te confier. Écoute-moi attentivement, c'est très important : tu dois toujours

Sache que tu n'es pas seul. Aie confiance en tes amis, et tout ira bien.

Ta maman qui t'aime,

Perle-d'Argent.

Prologue

Un hurlement terrifiant déchira l'air glacial et se répercuta dans la montagne. Le jeune loup argenté tressaillit et gémit.

— Ténèbre…

Le loup féroce et solitaire qui avait tué son père et ses trois frères approchait!

Il y eut un éclair aveuglant, suivi d'une pluie d'étincelles dorées. Le louveteau disparut, laissant la place à un minuscule chiot: un jack russell à la robe marron et blanche, et aux grands yeux bleu saphir.

Foudre espérait que ce déguisement le protégerait. Il bondit vers un amas rocheux couvert de neige, le cœur battant la chamade. Il devait trouver une cachette, vite !

— Par ici ! l'appela une voix grave et veloutée.

Il aperçut une louve couchée, à l'abri sous une roche, et poussa un jappement de joie en reconnaissant sa mère. Il courut à elle et lui lécha le museau.

De son énorme patte, Perle-d'Argent l'attira contre sa fourrure chaude et épaisse.

— Je suis heureuse de te voir sain et sauf, mon fils, mais tu as mal choisi ton moment pour revenir. Ténèbre veut prendre le commandement de la Lune Griffue ; heureusement, aucun membre de notre meute ne le suivra tant que tu seras en vie.

Les yeux de Foudre étincelèrent de colère.

— Alors il est peut-être temps pour moi de l'affronter !

— Ton courage t'honore. Cependant, tu n'es pas encore de taille à vaincre et je suis trop affaiblie par ses morsures empoisonnées pour pouvoir t'aider. Garde ce déguisement et retourne te cacher dans l'autre monde. Tu reviendras quand tu auras acquis suffisamment de force.

Perle-d'Argent retomba contre la paroi avec un gémissement de douleur.

— Laisse-moi d'abord te soigner, aboya Foudre en projetant sur la patte blessée un tourbillon d'étincelles qui s'enfoncèrent dans le pelage de la louve.

Perle-d'Argent poussa un soupir de soulagement.

Soudain, un nouveau hurlement retentit tout près d'eux. Foudre sentit des pattes puissantes marteler les rochers et une respiration rauque souffler à l'entrée de la grotte.

— Ténèbre a flairé ta piste ! s'écria Perle-d'Argent. Va-t'en vite, mon fils ! Sauve-toi !

Geignant, Foudre rassembla ses pouvoirs. Un scintillement doré parcourut sa fourrure marron et blanche. Elle se mit à briller... briller... briller...

1

Julie Thibaut, consternée, écoutait la mère de son amie Solène.

— Je suis désolée, Julie. Solène est couchée avec un gros rhume et un terrible mal de gorge. J'allais justement t'appeler. Il est plus sage de remettre votre week-end à une autre fois.

— Ce n'est pas sa faute si elle est malade, répondit Julie en s'efforçant de cacher sa déception. Pouvez-vous lui donner ces DVD de ma part? ajouta-t-elle en lui tendant le sac qu'elle avait apporté. Ça lui fera passer le temps. Et dites-lui que je lui souhaite de guérir très vite.

— C'est très gentil, Julie. Solène te téléphonera dès qu'elle ira mieux. Au revoir.

La mère de Solène referma la porte et Julie repartit d'un pas traînant vers ses parents qui l'attendaient dans leur camping-car.

— Que se passe-t-il ? s'étonna Mme Thibaut. Tu ne restes pas ?

— Solène est au lit. Dire qu'on avait prévu de regarder un film en mangeant des bonbons ! Qu'est-ce que je vais faire, maintenant ?

— Tu vas nous accompagner au Festival de la Montgolfière.

Julie fit la grimace. Elle n'avait aucune envie d'aller à cette fête ringarde. Voilà pourquoi elle avait prié Solène de l'inviter.

— Je ne pourrais pas plutôt aller chez papy et mamie ?

— Tu sais bien qu'ils sont en vacances, répondit sa mère.

— Alors chez Clara ? Oh, non… elle est partie voir sa tante. Ça y est, j'ai trouvé ! On n'a qu'à demander à Emma…

— Écoute, Julie, la coupa son père, nous n'avons pas le temps de faire le tour de tes amies pour trouver quelqu'un qui voudra te garder. On doit prendre la route. Les autres aérostiers sont déjà partis. Monte, s'il te plaît.

— Mais…

Elle n'avait pas le choix. Avec un énorme soupir, elle grimpa sur le siège arrière et fourra son sac dessous.

— Allons, Julie, fais-moi un sourire, dit gentiment sa mère tandis qu'ils se dirigeaient vers la sortie de la ville. Je déteste te voir bouder.

Le visage de Julie s'allongea davantage.

— Je suis sûre que tu vas t'amuser. Rappelle-toi combien tu aimais nos promenades en ballon autrefois.

— Ouais. C'était quand j'étais petite. J'ignorais alors que j'avais le vertige et qu'il fallait toujours attendre une éternité avant de décoller.

Mme Thibaut rit.

— Tu exagères ! Et, en l'occurrence, les prévisions météo sont excellentes pour ce week-end !

La nouvelle ne réconforta pas Julie.

Son père l'observa dans le rétroviseur.

— Tu vas t'amuser. Il y aura un tas d'attractions et de stands.

— Sauf que je serai toute seule ! Génial ! grommela Julie entre ses dents, exaspérée que ses parents veuillent à tout prix lui remonter le moral.

Elle croisa les bras et se tassa sur la banquette tandis qu'ils s'engageaient sur l'autoroute parmi le flot de voitures et de camions. Le temps parut ralentir encore et les deux heures qui suivirent lui semblèrent deux semaines.

Quand ils arrivèrent enfin au festival, Julie vit une foule de gens qui montaient des tentes et des stands ou qui délimitaient des bases d'envol avec des cordes. M. Thibaut se gara près d'un camping-car flambant neuf de la taille d'un bus. À côté, le leur faisait pâle figure.

— Regardez! Il a même une antenne satellite! s'exclama Julie, impressionnée malgré elle.

— C'est un modèle américain, expliqua son père. On doit y être à l'aise même en plein désert. J'aimerais bien en avoir un comme ça.

— Il faudrait qu'on vende la maison pour se le payer! déclara Mme Thibaut.

Elle monta à l'arrière du camping-car et s'affaira à la préparation du repas.

— Tu peux aller me chercher de l'eau, Julie?

Julie prit le bidon et traversa le parking. Elle aurait tant voulu que Solène soit avec elle. Son amie lui manquait terriblement.

Alors qu'elle longeait un chapiteau désert, elle aperçut une fille qui venait dans sa direction. Elle devait avoir quasiment le même âge qu'elle. Elle portait un jean et un tee-shirt de marque. Enfin quelqu'un avec qui elle pourrait sympathiser!

— Salut! lança-t-elle avec un grand sourire. Tu sais où je pourrais trouver de l'eau?

— Pourquoi? Y a écrit «office du tourisme» sur mon front? rétorqua la fille.

— Euh… non, répondit Julie, toute déconcentrée. Toi aussi, tu fais partie d'un club? Au fait, je m'appelle Julie Thibaut, se présenta-t-elle.

— Moi, c'est Gaëlle Lejeune. Je suis avec les Coureurs de Nuages, le meilleur club du monde, se vanta la peste en rejetant ses longs cheveux dans son dos.

— Mon père dit la même chose des Têtes en l'Air, gloussa Julie. C'est notre club.

— Et qu'est-ce que tu veux que ça me fasse! murmura Gaëlle en donnant des coups de pied dans l'herbe avec ses belles baskets.

Le sourire de Julie disparut mais il en fallait plus pour la décourager.

— J'ai aperçu des manèges et pas mal d'attractions. On pourrait y faire un tour ensemble, si tu veux?

Gaëlle fronça le nez et haussa les épaules.

— Non, merci. Je ne fréquente pas les filles plus jeunes que moi. J'ai déjà du mal à supporter Matthieu, mon petit frère. Bon, salut!

Julie rougit, vexée.

— Eh bien, bonne chance pour la course de ballons demain! cria-t-elle alors que Gaëlle s'éloignait.

— On n'a pas besoin de chance, riposta cette dernière sans se retourner. Les Coureurs de Nuages gagnent toujours.

Julie la suivit des yeux et la vit disparaître dans le superbe camping-car.

— Génial ! marmonna-t-elle. Le week-end commence bien !

Alors qu'elle s'apprêtait à repartir chercher de l'eau, un éclair illumina le chapiteau, suivi d'une pluie d'étincelles dorées.

Elle plissa le front. Elle n'avait aperçu personne en passant devant. Elle s'avança, intriguée.

La tente était vide, en effet, en dehors d'un vieux carton retourné et de quelques chaises pliantes jetées sur l'herbe.

C'est alors qu'elle distingua un minuscule jack russell marron et blanc assis sur le carton. Sa fourrure scintillait!

— Bonjour. Qu'est-ce que tu fais là tout seul? s'étonna-t-elle en s'approchant de lui doucement pour ne pas l'effrayer.

— Je viens de très loin. Peux-tu m'aider, s'il te plaît? aboya le chiot.

2

Julie en resta bouche bée. Sa rencontre avec Gaëlle avait dû la perturber sérieusement. Voilà qu'elle avait cru entendre parler le chiot!

— Je suis Foudre, du clan de la Lune Griffue, continua l'animal en la fixant de ses grands yeux intelligents.

Julie laissa tomber son bidon et recula d'un pas.

— Waouh! Tu parles vraiment! C'est un numéro de cirque ou quoi?

Elle pivota vers l'entrée du chapiteau pour voir si ce n'était pas un animateur du festival qui lui jouait un tour. Il n'y avait personne. Elle se retourna vers Foudre. Il était adorable avec sa jolie fourrure marron et blanche, son petit museau pointu et ses yeux d'un bleu étincelant.

Le chiot la dévisageait, les oreilles dressées, l'air interrogateur, attendant visiblement sa réponse.

— Je... je m'appelle Julie Thibaut. Je suis

venue avec mes parents participer au Festival de la Montgolfière.

Elle s'agenouilla pour paraître moins impressionnante. Elle n'arrivait pas à croire à ce qui lui arrivait. Et elle ne voulait surtout pas que le chiot s'enfuie.

— Je suis ravi de faire ta connaissance, Julie.

— Euh… moi aussi. Mais dis-moi, c'est quoi, le clan de la Lune Griffue ?

— C'est la meute de loups que conduisaient mes parents, répondit-il avec tristesse. Ténèbre, un loup diabolique, a tué mon père et mes trois frères et il a gravement blessé ma mère. Il veut prendre la tête de notre meute. Par chance, les autres refuseront de le suivre tant que je serai vivant.

— Attends ! Tu parles bien d'une meute de loups ? Mais tu es un chiot…

— Éloigne-toi un peu, je vais te montrer.

Foudre sauta sur le sol. Un éclair éblouit Julie

tandis qu'une pluie d'étincelles retombait sur l'herbe en crépitant.

— Oh!

Elle se frotta les yeux. Le chiot avait disparu, remplacé par un jeune loup au pelage argenté et aux pattes si larges qu'elles semblaient trop grosses pour lui. Elle frémit devant ses crocs acérés et sa fourrure qui brillait de mille paillettes dorées.

— C'est toi, Foudre? demanda-t-elle dans un souffle.

— Oui, c'est moi, Julie. N'aie pas peur, le rassura-t-il d'une voix de velours.

Il y eut un nouvel éclair, et Foudre reprit son apparence de chiot vulnérable.

— Oh, tu es réellement un loup ! Ton déguisement est très réussi !

Foudre baissa la queue et se mit à trembler comme une feuille.

— Sauf qu'il ne me sera pas utile si Ténèbre me repère grâce à ses pouvoirs magiques, murmura-t-il. Je dois vite me cacher. Peux-tu m'aider ?

Tout attendrie, Julie prit le chiot dans ses bras et le serra contre elle.

— Bien sûr. Tu n'as qu'à venir vivre avec…

Elle s'interrompit net : ses parents ne voulaient pas d'animaux chez eux.

— Oh, non, mes parents ne me permettront jamais de te garder ! Ils pensent que ce n'est pas bien de laisser un animal seul toute la journée. En semaine, il n'y a personne à la maison et nous partons presque chaque week-end.

— Je comprends. Tu es très gentille, Julie. Je trouverai quelqu'un d'autre, aboya Foudre avant de se diriger vers la sortie du chapiteau.

— Attends ! protesta Julie, affolée à l'idée de perdre son nouvel ami. Il doit bien y avoir une solution. Et si je te cachais dans notre camping-car ? Non, c'est trop petit. Mes parents risqueraient de te découvrir. Oh, et si tu te faisais passer pour une peluche ? Non, tu ne pourras jamais rester immobile sans même cligner des paupières.

Une lueur s'alluma dans les yeux bleus de Foudre.

— J'ai une idée ! Grâce à mes pouvoirs

magiques, je peux faire en sorte que tu sois la seule à me voir et à m'entendre.

— Tu sais te rendre invisible ? C'est trop cool ! Alors je n'aurai même pas besoin de te cacher. Tu dormiras avec moi sur le canapé au fond du camping-car.

— Avec joie. Merci, Julie.

Il leva la tête vers elle et lui donna un petit coup de langue sur le menton.

Julie sourit, émue, et le caressa tendrement. Tout à coup, le week-end se présentait sous un jour radieux !

3

Les derniers aéronautes des Têtes en l'Air étaient arrivés et ils déjeunaient tous ensemble sous l'auvent devant le camping-car de Julie.

Julie était installée au bout de la table avec Foudre. Elle avait mis du temps à s'habituer à l'idée que personne ne voyait le chiot couché sur ses genoux. Désormais rassurée, elle lui glissait en douce des bouchées de feuilleté au fromage.

Le chiot les mangea avec appétit puis il sauta dans l'herbe. Il renifla autour de lui en remuant la queue et lécha jusqu'à la dernière miette tandis que Julie se retenait de rire.

Dès que le repas fut terminé et la table débarrassée, les parents de Julie et leurs coéquipiers sortirent le ballon et son matériel d'une remorque.

Julie les avait déjà vus faire des centaines de fois. Elle voulut proposer à Foudre d'aller se promener et remarqua qu'il était fasciné par ces préparatifs.

— Qu'est-ce que c'est que ce gros tas de tissu multicolore ? demanda-t-il en gambadant autour. C'est pour jouer ?

— Non ! C'est l'enveloppe de notre ballon. Mais tu ne peux pas t'en rendre compte car elle est dégonflée. Elle est fabriquée dans un tissu spécial ultraléger. Hé ! Ne marche pas dessus, ou tu risques d'avoir une drôle de surprise, s'écria-t-elle alors que le chiot, la langue pendante, s'apprêtait à sauter sur le nylon. Dès que les bouteilles de gaz seront installées, ils allumeront les brûleurs et rempliront le ballon d'air chaud.

Foudre plissa le front.

— Et après ?

— Le ballon se gonflera et deviendra énorme. D'ailleurs, tu vois, il est arrimé au sol, sinon il monterait droit dans le ciel, aussi haut que les nuages.

Foudre leva la tête, ses grands yeux écarquillés d'étonnement.

— Si haut que ça?

Julie opina.

— Tu vois ce panier? fit-t-elle en lui montrant la nacelle. C'est là que papa et ses passagers prendront place. Il faut être qualifié pour diriger une montgolfière. Mon père a passé des examens de pilotage et de navigation. Il est très expérimenté, il a gagné un tas de courses!

— Pourquoi les humains font-ils ça? s'étonna Foudre.

— C'est un loisir, une activité que nous pratiquons pour nous distraire, expliqua Julie.

Foudre la regarda avec stupéfaction, comme s'il n'arrivait pas à croire qu'on puisse voler pour le plaisir.

— Toi aussi, tu montes dans le ciel, Julie ?

— Plus maintenant car ça me donne le vertige. J'ai la tête qui tourne, les jambes toutes molles et envie de vomir. Je préfère aller avec maman et l'équipe de poursuite dans le véhicule qui les récupère là où ils atterrissent. Ou alors je reste dans le camping-car. Mais maintenant que tu es là, je sens que nous allons bien nous amuser tous les deux.

Foudre, soulagé, l'approuva d'un hochement de tête et se désintéressa aussitôt des dirigeables.

— Ça veut dire qu'on ira se promener ? jappa-t-il gaiement.

— Exactement ! gloussa Julie. Et on peut même y aller tout de suite si tu…

Un sifflement assourdissant l'interrompit. Le brûleur venait de s'allumer. Une énorme flamme jaune en jaillit et propulsa de l'air chaud dans l'enveloppe du ballon.

— Au feu ! cria Foudre qui bondit en arrière, les poils hérissés.

Julie sentit un étrange picotement parcourir son dos. Un scintillement illumina la fourrure du chiot, sa queue et ses oreilles crépitèrent. Il leva la patte et lança un jet d'étincelles dorées vers le brûleur.

On entendit un léger pfuit et la flamme s'éteignit.

M. Thibaut considéra le brûleur avec perplexité et tenta en vain de le rallumer.

— C'est bizarre! Les injecteurs ont peut-être besoin d'être nettoyés, marmonna-t-il.

Vite, Julie se pencha vers Foudre.

— Il ne fallait pas faire ça, Foudre! C'était normal que ça s'enflamme. Tu peux laisser fonctionner ce brûleur, maintenant.

Penaud, le chiot envoya un nouveau jet d'étincelles sur l'appareil qui redémarra au quart de tour.

— Ça marche! s'écria M. Thibaut.

Il n'y avait plus la moindre étincelle dans le pelage de Foudre, mais Julie nota qu'il n'était pas encore remis de sa frayeur et qu'il gardait la queue basse.

Elle vérifia d'un coup d'œil que personne ne la regardait et s'agenouilla près de lui comme pour renouer les lacets de sa basket.

— Ne t'inquiète pas. Nous ne courons aucun danger. Mon père est un maniaque de la sécurité, chuchota-t-elle en caressant les petites oreilles du chiot. Je suis désolée. J'aurais dû te prévenir que les brûleurs faisaient un bruit effroyable.

Foudre remua la queue, rassuré.

Julie éprouva un élan d'affection envers le minuscule jack russell qui s'était bravement porté à son secours malgré sa peur du feu.

— Quel ballon minable ! Et la nacelle est ridiculement petite ! lança une voix familière derrière Julie.

Gaëlle ! Julie se releva précipitamment, affolée à l'idée que cette peste ait pu la surprendre en train de parler à Foudre. Mais Gaëlle n'avait d'yeux que pour le ballon violet, bleu et blanc qui finissait de se gonfler.

— Il nous suffit largement, rétorqua Julie. Et ça n'a pas empêché papa de remporter de nombreuses compétitions.

— Tu parles !

Puis, brusquement, Gaëlle se fit toute gentille.

— Ça te plairait de voir le nôtre ? proposa-t-elle d'un ton suave. Il est magnifique !

Julie faillit lui rappeler qu'elle ne fréquentait pas les gamines de son âge, mais la curiosité l'emporta.

— D'accord. On te suit… enfin… je te suis, se reprit-elle aussitôt.

À l'avenir, il lui faudrait faire plus attention si elle ne voulait pas révéler l'existence de Foudre.

Gaëlle la regarda d'un drôle d'air, ricana et pivota sur ses talons.

Julie la suivit, le chiot trottinant à côté d'elle. Les deux filles slalomèrent entre des montgolfières et des remorques jusqu'à un grand espace dégagé.

Un énorme ballon noir qui représentait une tête de loup féroce se balançait au bout d'une corde amarrée au sol. Julie fut épatée par la taille de la nacelle : elle pouvait contenir au moins dix personnes. Le bruit des deux brûleurs était assourdissant.

Un coup de vent fit osciller le ballon et Julie eut l'impression que le monstre la regardait en grimaçant. Foudre, les oreilles couchées, se réfugia derrière elle. Il tremblait comme une feuille.

— Qu'est-ce que je t'avais dit ? s'exclama Gaëlle, triomphante. Il est fantastique, non ?

— Il est pas mal, répondit Julie, bien décidée

à ne pas montrer à quel point elle était impressionnée.

Le club des Coureurs de Nuages devait être beaucoup plus important que celui des Têtes en l'Air. Plus d'une vingtaine de personnes s'affairaient autour du ballon.

Julie remarqua alors un petit garçon en tee-shirt rouge de Spiderman, qui devait avoir dans les six ans.

— C'est mon frère, Matthieu, grommela Gaëlle qui avait suivi son regard. Il n'a pas encore l'âge de monter dans le ballon. Du coup, je dois m'occuper de lui chaque fois que mes parents volent. Une vraie torture.

Matthieu aperçut Julie et lui sourit. Il avait l'air adorable. «Ça ne doit pas être drôle d'avoir une sœur comme Gaëlle», songea-t-elle.

Une jeune femme blonde qui se tenait près de lui agita la main dans leur direction. Très maquillée, elle portait une tenue élégante et des sandales à hauts talons.

— C'est ma mère, annonça fièrement Gaëlle. Elle est super belle, hein ? On dirait une star de cinéma, tu ne trouves pas ?

— Oui, elle est très jolie, acquiesça Julie. En vérité, ses habits lui semblaient ridicules pour faire du ballon ; les autres mamans portaient des shorts, des tee-shirts et des baskets.

— Bon, maintenant que tu as vu le nôtre, tu peux retourner à ton ballon minable ! lança Gaëlle avant de l'abandonner au milieu du champ.

Julie l'observa rejoindre sa mère et son petit frère.

— Tu parles d'une peste ! ragea-t-elle. Viens, Foudre. Je vais prévenir mes parents que je pars faire un tour.

— Chouette !

Le chiot jeta un dernier regard inquiet au loup féroce avant de la suivre en gambadant.

4

À son retour au camping-car, M. Thibaut était triste.

— On ne pourra pas voler ce soir! annonça-t-il.

Julie lisait un magazine sur le canapé avec Foudre roulé en boule contre elle. Ils étaient allés voir le château hanté et un atelier de cirque. À présent, le petit chien dormait en agitant les oreilles et les pattes : il devait rêver qu'il courait.

Elle s'empressa de le prendre sur ses genoux quand son père se dirigea vers elle.

— Ouaf ! jappa Foudre, réveillé en sursaut.

— Désolée de te déranger, mais papa a failli t'écraser, chuchota-t-elle tandis que son père se laissait lourdement tomber à côté d'elle.

— Regarde ce soleil ! On a du mal à croire que les conditions soient mauvaises pour voler ! gémit-il.

Julie n'eut pas le cœur de lui rappeler que cela arrivait souvent lorsqu'ils organisaient des week-ends de ballon. Voilà pourquoi elle trouvait ces sorties si ennuyeuses. Ce qui n'était plus le cas depuis qu'elle avait rencontré Foudre, son ami magique !

Elle sourit en imaginant la tête que ferait son père s'il savait qu'un chiot invisible se trouvait à quelques centimètres de lui.

— Ce n'est pas grave, papa, le consola-t-elle en lui tapotant le bras. Il y aura au moins les illuminations. Les gens adorent voir les ballons éclairés même s'ils sont amarrés au sol.

M. Thibaut sourit.

— Je constate que tu as retrouvé ta bonne humeur. J'aurais parié que tu allais bouder tout le week-end.

— Papa ! Je ne suis pas comme ça ! protesta-t-elle.

— Tu ne t'es pas vue. Tu faisais une tête si longue que ton menton traînait par terre.

Père et fille rirent de bon cœur.

— Eh bien, reprit M. Thibaut, puisque nous ne volerons pas ce soir, je m'occuperai du barbecue. En attendant, je vais me reposer un peu, ajouta-t-il en prenant un exemplaire du magazine *Aérostat*.

Julie ne pouvait plus parler avec Foudre.

— Je repars me promener, dit-elle.

Foudre dressa les oreilles en entendant ce mot merveilleux. Il sauta par terre avec un bruit sourd et la dévisagea en remuant la queue d'impatience. Julie lui sourit, ravie. Avec un pincement de remords, elle s'aperçut qu'elle avait complètement oublié Solène. Elle lui souhaita par la pensée de guérir très vite.

Julie et Foudre firent un détour pour éviter les ballons et le vacarme de leurs brûleurs qui inquiétait toujours le petit chien.

Ils arrivèrent devant un château gonflable gigantesque. Il comportait d'innombrables tours, arches et obstacles à escalader, ainsi qu'un toboggan géant. Julie resta quelques instants à contempler les enfants qui sautaient de tous côtés en poussant des cris de joie. Soudain, elle entendit une fille lancer :

— Vas-y, dégonflé ! Qu'est-ce que t'attends ? Il ne va pas te mordre !

C'était Gaëlle qui s'en prenait à son petit frère, toujours vêtu de son tee-shirt de Spiderman.

— Si on allait voir ce qui se passe ? proposa Julie.

Foudre la suivit.

— Je veux pas y aller ! protestait Matthieu. Y a que des grands !

L'enfant était au bord des larmes.

— Fallait y penser avant de me faire acheter un ticket. Et avec mon argent de poche, en plus ! Je parie qu'on ne voudra pas me rembourser. T'es qu'un casse-pieds. Allez, Matthieu. Vas-y !

— Non ! Laisse-moi tranquille !

Julie ne pouvait rester sans rien faire.

— Écoute, Gaëlle. Il n'est pas forcé d'y aller s'il n'en a pas envie.

— Toi, occupe-toi de tes affaires! Matthieu n'est qu'une poule mouillée. Cot, cot, cot! se moqua-t-elle en faisant semblant de battre des ailes.

— C'est pas vrai! protesta Matthieu, qui fondit en larmes.

Julie fusilla Gaëlle du regard.

— Sale brute!

— Qu'est-ce que t'as dit? cria Gaëlle, les yeux plissés de colère.

Julie trembla en la voyant fondre sur elle. Elle lui parut soudain très grande et très forte.

Foudre gronda et montra les dents. Julie sentit un picotement lui parcourir le dos.

Il allait se passer quelque chose!

5

Un scintillement doré parcourut la fourrure du chiot et de petits éclairs jaillirent de ses oreilles et de sa queue. Il leva une patte et lança sur Gaëlle un jet de paillettes qui tourbillonna autour d'elle comme une minitornade.

Gaëlle se pétrifia tandis que les paillettes tournoyaient de plus en plus vite. Le visage aussi inexpressif qu'un masque, elle courut soudain vers le château et sauta dessus à pieds joints.

Elle rebondit une fois, deux fois… À la troisième, elle s'élança haut dans les airs, exécuta un triple saut périlleux et enchaîna deux saltos arrière.

Tous les enfants s'étaient immobilisés et l'observaient. Ils se mirent à l'applaudir.

Matthieu ne pleurait plus. La bouche ouverte, il contemplait sa sœur qui rebondissait de plus en plus haut en effectuant des sauts de plus en plus compliqués.

— Qu'est-ce qui se passe ? hurla Gaëlle alors qu'elle pédalait comme si elle faisait du vélo.

— Hé! Toi, là-bas! C'est interdit! cria le responsable de l'attraction. Arrête ça tout de suite!

— J'peux pas! Au secours! brailla Gaëlle, qui se mit en équilibre sur les mains avant de faire une nouvelle pirouette.

Brusquement, elle prit son élan, fusa du château tel un bouchon de champagne et atterrit à quelques mètres de Julie.

— Je crois que je vais vomir, gémit-elle, le teint vert.

Matthieu sauta à son tour sur le château. Il n'avait plus peur du tout.

— Waouh! C'était génial! Regarde-moi, Gaëlle!

Sans lui accorder un regard, sa sœur s'affala sur l'herbe, complètement sonnée.

Julie se tourna vers Foudre.

— Ça suffit! le gronda-t-elle en se retenant de rire.

— Oh, je suis désolé, s'excusa-t-il, la queue entre les pattes. J'y suis allé un peu fort.

— J'espère que ça lui servira de leçon. Au moins Matthieu s'amuse bien! Allez, viens, tu as mérité ta promenade.

Foudre agita les oreilles.

— C'est mon activité préférée!

Une délicieuse odeur de saucisses grillées accueillit Julie et Foudre à leur retour au camping-car.

Elle aperçut son père devant le barbecue, vêtu d'un tablier orné d'une grosse grenouille verte aux yeux globuleux. Il brandit une paire de pincettes dans sa direction en guise de bienvenue.

Les autres Têtes en l'Air se prélassaient à côté de lui sur des fauteuils en toile tout en parlant de ballons. Ils saluèrent Julie avec de grands sourires tandis qu'elle allait rejoindre sa mère qui préparait une salade.

— Alors, ma chérie, tu t'es bien amusée ? demanda Mme Thibaut.

— Oui, nous avons vu des gens déguisés en statues vivantes et aussi un magicien. Mais il y avait tellement de monde que Foudre a bien failli se faire piéti…

Julie se mordit la langue. Elle était folle ou quoi ? Heureusement que sa mère, occupée à couper des tomates, n'avait pas entendu.

— Bref, j'en ai eu assez de la foule et j'ai préféré rentrer, finit Julie.

— Les illuminations et le feu d'artifice attirent toujours beaucoup de spectateurs, lui rappela sa mère. Tu veux un ou deux hot-dogs ?

— Deux, s'il te plaît.

Rassurée de constater que sa mère ne s'étonnait pas de cet appétit inhabituel, elle prit son assiette et alla s'asseoir dans l'herbe.

— Ouf ! J'ai encore failli tout raconter, dit-elle à Foudre. Je suis franchement nulle pour garder les secrets! Je te promets de faire plus attention.

Le chiot hocha la tête sans cesser de dévorer son repas.

Le dîner terminé, Julie aida sa mère à débarrasser. Le ciel vira au violet et se zébra de rose quand le soleil se coucha. Les lumières des camping-cars s'allumèrent les unes après les autres. Son père et les autres Têtes en l'Air partirent illuminer leur ballon.

— On y va? proposa Mme Thibaut en s'essuyant les mains.

— D'accord. Une minute, je prends mon sac.

Julie se tourna vers le chiot et ouvrit son sac.

— Tu seras plus en sécurité à l'intérieur, lui glissa-t-elle à voix basse.

Il sauta dedans avec un petit jappement de joie. Puis il s'installa confortablement, ne laissant dépasser que sa tête pendant que Julie suivait sa mère vers l'endroit où étaient amarrés les dirigeables.

Soudain, tous les brûleurs s'allumèrent en même temps et les montgolfières multicolores s'illuminèrent comme de gigantesques lanternes chinoises.

Foudre se mit à aboyer d'excitation, oubliant ses appréhensions.

— Ils sont encore plus colorés que les aurores boréales de chez moi.

Julie sourit d'un air rêveur, essayant d'imaginer l'univers extraordinaire où vivait Foudre le jeune loup.

— Oh, oh, je sens les ennuis arriver! chuchota-t-elle en voyant Gaëlle foncer vers eux.

— Quelle belle soirée, n'est-ce pas? lança-t-elle en passant devant M. et Mme Thibaut.

Julie fronça les sourcils.

— Tiens, tiens! Elle a l'air de bonne humeur. Qu'est-ce que ça cache?

Gaëlle se tourna vers elle avec un sourire radieux.

— Ah, Julie, je te cherchais! Je me doutais que tu viendrais admirer les illuminations, dit-elle en tripotant un collier doré avec un pendentif bleu en forme de cœur. Regarde ce que mon père m'a offert. Comment tu le trouves?

— Très joli.

— Mes parents sont vraiment super. Ils me font sans arrêt des cadeaux fabuleux. Je parie que tu aimerais bien avoir un collier comme celui-là.

Julie haussa les épaules.

— Je n'en ai pas besoin. J'ai ce qu'il me faut chez moi.

— Ma pauvre! C'est dur d'avoir des parents fauchés. Quand on voit votre camping-car miteux!

— Mais je l'adore, notre camping-car! Et il n'est pas miteux! Il a juste quelques petites rayures, protesta Julie en se contrôlant pour ne pas exploser.

— C'est bizarre ce qui m'est arrivé tout à l'heure sur le château gonflable! poursuivit Gaëlle.

Julie haussa les épaules.

— Peut-être.

Gaëlle la regarda attentivement.

— Je ne sais pas ce qui s'est passé, mais je suis sûre que tu y étais pour quelque chose. Tu n'es pas si nulle, en fait! admit-elle avec une certaine admiration.

Julie la dévisagea en se demandant si elle ne pourrait pas s'entendre avec elle, finalement.

— Ça t'a fait plaisir de me voir me ridiculiser, non? continua Gaëlle avec un sourire en coin.

— Avoue que c'était drôle!

Julie regretta aussitôt ses paroles. Gaëlle reprit son air sévère.

— Tu te crois très maligne, hein? Eh bien, tous ceux qui se moquent de moi finissent par le payer très cher! jeta-t-elle avant de s'éloigner.

Julie se pencha vers Foudre.

— Qu'est-ce qu'elle a voulu dire?

Le chiot fronça la truffe.

— Ça ressemble à une menace.

— Bah! On ne va pas se laisser faire, hein?

Elle plongea la main dans le sac pour caresser sa douce fourrure, sans remarquer l'air inquiet de son petit compagnon.

6

— Le voilà ! C'est notre ballon ! s'écria Julie en montrant un point bleu haut dans le ciel, le lendemain matin.

Foudre était installé sur ses genoux à l'arrière du véhicule de récupération des Têtes en l'Air que conduisait Martine. La mère de Julie, assise sur le siège du passager, suivait la route sur une carte. Elle calculait soigneusement le trajet du ballon : elle devait anticiper l'endroit où il se poserait afin de l'aider à atterrir.

Foudre se leva d'un bond et, debout sur ses deux pattes arrière, sortit la tête par la fenêtre ouverte.

— Ouaf ! Ouaf !

— Attention, Foudre, tu vas tomber! souffla Julie.

Il était six heures et demie du matin et les conditions météo étaient idéales. Une nuée de ballons de toutes formes et de toutes tailles constellait le ciel bleu d'azur.

— Regarde celui-là! chuchota Julie en montrant un lapin géant.

On aurait dit qu'il agitait la patte. Elle apercevait aussi un ballon en forme de canette de bière et un autre représentant une grosse tête souriante coiffée d'écouteurs. Mais son préféré, c'était un crocodile qui mangeait des biscuits.

— Ils ressemblent à des monstres gigantesques qui font la course en crachant des flammes, jappa Foudre.

Le chiot ne s'était toujours pas habitué aux brûleurs et grognait chaque fois que l'un d'eux résonnait dans le silence.

— Ils ne te feront pas de mal, le rassura Julie en caressant son poil soyeux.

Le chiot finit par se détendre tandis que Martine suivait le ballon à travers les villages et les hameaux. Alors qu'elles débouchaient dans une vaste plaine, le ballon des Têtes en l'Air commença à descendre.

— Ils vont sans doute se poser par ici, déclara Mme Thibaut en indiquant avec son stylo un point sur la carte. Il faudra prendre à droite au prochain carrefour.

— D'accord, répondit Martine.

— L'atterrissage est le moment le plus délicat, expliqua Julie à voix basse, à cause des lignes à haute tension et des autres obstacles. Parfois, le vent au sol est si fort qu'il retourne la nacelle.

— Mais c'est dangereux ! Les passagers peuvent se blesser ! s'exclama Foudre.

— Heureusement, papa est un excellent pilote, le rassura Julie. Regarde ! Les voilà !

Julie agita la main en direction de son père qui n'était encore qu'une minuscule silhouette dans les airs.

Peu après, Martine s'arrêta et tout le monde descendit. Julie et Foudre suivirent Mme Thibaut et Martine dans un champ en friche.

Soudain, un énorme ballon noir représentant une tête de loup surgit de derrière les arbres et commença sa descente.

Julie se baissa d'instinct.

— Ce sont les Coureurs de Nuages! Ils sont beaucoup trop près de notre ballon!

Foudre aboya de terreur et s'enfuit, persuadé que le monstre s'apprêtait à le dévorer.

— Foudre! cria Julie.

— Mais d'où sort ce chien? s'exclama Mme Thibaut.

Pris de panique, Foudre avait oublié de rester invisible. Il ne pourrait donc plus avoir recours à la magie pour se tirer de ce mauvais pas.

Sans hésiter, Julie se lança derrière lui. Son cœur cognait dans sa poitrine tandis que ses baskets s'enfonçaient dans le sol boueux. L'énorme ballon des Coureurs de Nuages obscurcissait le ciel. Quand elle leva les yeux, elle aperçut des visages effrayés penchés vers elle.

Foudre s'arrêta net, ses yeux bleu saphir écarquillés, les poils hérissés. Le ballon allait l'écraser! Avec l'énergie du désespoir, Julie se jeta sur lui pour l'attraper et roula dans l'herbe.

Hélas, au moment où elle s'immobilisait contre une haie, son genou heurta une grosse pierre! La douleur lui coupa le souffle.

— Attention! Attention!

Sa mère et Martine couraient au milieu du champ en faisant de grands gestes vers l'énorme ballon noir.

Julie entendit des cris au-dessus d'elle. Les brûleurs rugirent, et le monstre ralentit sa descente. Pendant quelques secondes, il sembla ne plus bouger, puis il remonta juste assez pour atterrir dans **un autre** champ.

Julie resta allongée en serrant contre elle le chiot terrorisé. Sa jambe lui faisait mal et elle ne pouvait plus bouger.

Elle vit son père poser leur ballon sans problème à une trentaine de mètres. Martine courut attraper son ancre d'amarrage pendant que sa mère se précipitait vers elle.

— Julie ? Ça va ? lui cria-t-elle, folle d'inquiétude. Tu n'es pas blessée ?

— Tout va bien, maman. Je t'assure.

Foudre poussa un gémissement et lui donna un petit coup de langue sur la joue.

— Merci, tu m'as sauvé la vie ! Tu as été très courageuse.

— J'ai eu si peur que le ballon ne t'écrase ! Mais tu ferais mieux de redevenir invisible, ma mère arrive ! le supplia-t-elle en laissant échapper une grimace de douleur.

— Oh, tu es blessée ? Je vais arranger ça !

Julie sentit le picotement familier lui parcourir le dos tandis que Foudre soufflait sur sa jambe un jet de paillettes aussi fines que de la poudre d'or. Elles tourbillonnèrent autour de son genou. Julie éprouva une sensation de brûlure, puis de froid glacial, et la douleur s'envola.

— Oh, merci, Foudre. Je n'ai plus mal du tout.

Vite, elle le posa par terre et se releva.

— Quelle idiote! la gronda Mme Thibaut, rouge de colère et d'inquiétude. Qu'est-ce qui t'a pris de courir après ce chien? Tu aurais pu te faire écraser! Au fait, où est-il passé?

— Il... il s'est enfui..., bredouilla Julie. Ça devait être un chien errant. Je n'ai rien, maman, ne t'inquiète pas.

— Julie Thibaut ! la réprimanda sa mère, visiblement décidée à obtenir des explications plus complètes.

— Tu ne crois pas qu'il faudrait aller aider papa et Martine ? lui rappela Julie, pressée de changer de sujet.

Foudre sur ses talons, elle courut rejoindre l'équipage des Têtes en l'Air qui s'affairaient autour de leur ballon.

7

Le soir, les conditions étaient idéales et tous les ballons décollèrent. Julie décida de rester au campement avec Foudre. Elle trouva un stand qui vendait de la barbe à papa, puis un autre qui proposait des boulettes de viande où elle acheta de quoi manger à Foudre. Tous deux allèrent ensuite s'asseoir dans l'herbe près du chapiteau pour déguster ce festin.

— Quand est-ce qu'on va retourner chez toi? demanda le chiot entre deux bouchées.

— Demain. La dernière course aura lieu à six heures du matin avant la remise des prix. On rentrera aussitôt après. J'ai hâte de te présenter à Solène. Elle va t'adorer.

Foudre fronça ses grands yeux saphir.

— Je suis désolé, Julie, tu ne dois parler de moi à personne. Même pas à ton amie.

Julie fut déçue de ne pouvoir partager son

secret, mais elle se consola en pensant que c'était pour le bien du chiot.

Elle finit sa barbe à papa, se lécha les doigts et se leva.

— Tu as terminé? demanda-t-elle à Foudre.

Il hocha la tête.

Le vent fit rouler une boule de papier bleu devant eux. Une lueur espiègle dans les yeux, Foudre sauta dessus, mordit dedans à pleines dents et se mit à la secouer énergiquement dans tous les sens.

Julie sourit. Elle avait parfois du mal à imaginer qu'il était un jeune loup majestueux destiné à devenir chef de meute.

Foudre s'immobilisa tout à coup, tendit l'oreille et se cacha sous un buisson avec un jappement de terreur.

Julie sursauta. Qu'est-ce qui l'avait effrayé? Elle se précipita à son tour vers le buisson.

— Foudre? Où es-tu? chuchota-t-elle.

Elle l'aperçut enfin, roulé en boule sous une branche basse.

— À quoi tu joues ? À cache-cache ?

Mais son sourire s'effaça quand elle vit qu'il tremblait de tous ses membres.

— J'ai vu un chien énorme sous l'arbre, là-bas. Ténèbre a dû lui jeter un sort et le transformer en loup pour qu'il m'attaque ! gémit Foudre.

Julie s'affola. Si son ennemi l'avait repéré, le minuscule chiot courait un terrible danger !

Elle regarda autour d'elle et aperçut une dame qui promenait un gros berger allemand en laisse. L'animal remua la queue amicalement.

— Ces chiens ressemblent à des loups, en effet. Cela dit, il a l'air très gentil, s'empressa-t-elle de rassurer Foudre, tandis que le berger allemand et sa maîtresse s'approchaient d'eux. Comment savoir si Ténèbre l'a ensorcelé ?

— À ses yeux très, très pâles et à ses crocs très, très longs.

Julie examina le berger allemand avec attention.

— Je lui trouve l'air parfaitement normal.

Foudre sortit de sa cachette en rampant, la queue basse. Il observa l'animal à travers le feuillage et se détendit aussitôt.

— Tu as raison. Je me suis trompé. Mais si Ténèbre détecte ma présence, il n'hésitera pas à se servir de ses pouvoirs magiques pour me tuer.

Prise d'un soudain besoin de le protéger, Julie le souleva pour le serrer contre elle. Elle sentit sous ses doigts son petit cœur qui battait à se rompre.

— J'espère que cet horrible Ténèbre ne te retrouvera jamais et que tu pourras rester avec moi !

Foudre leva un regard triste vers elle.

— Un jour, je devrai retourner dans mon univers pour rejoindre ma mère et prendre la tête du clan de la Lune Griffue ! Tu comprends, Julie ?

Elle hocha la tête mais elle n'avait pas envie d'y penser. Elle changea vite de sujet.

— Si on retournait au camping-car ?

— Avec plaisir ! répondit-il en lui donnant un petit coup de langue sur le menton.

Julie revint au parking avec le chiot dans les bras. Alors qu'ils arrivaient devant le véhicule, ils virent une fille en descendre précipitamment avant de s'enfuir en courant.

— C'était Gaëlle ! Qu'est-ce qu'elle fabriquait chez nous ?

— Elle doit préparer un mauvais coup ! gronda Foudre en fronçant les sourcils.

— Peut-être que maman est rentrée et que Gaëlle est passée lui dire bonjour.

Gaëlle se montrait toujours charmante avec les adultes.

Mais le camping-car était vide.

Foudre inclina la tête d'un air pensif.

— Qu'est-ce qu'il y a ? s'inquiéta Julie.

— Je sens quelque chose de bizarre..

Un scintillement parcourut la fourrure du chiot et sa petite truffe luisante se mit à briller comme une pépite d'or. Avec un jappement de triomphe, il sauta sur un fauteuil, enfouit la tête sous un coussin et réapparut, un objet entre les dents.

Julie reconnut le collier doré à la pierre bleue en forme de cœur.

— C'est le nouveau collier de Gaëlle. Pourquoi l'a-t-elle caché là-dessous ?

— Je crois le deviner ! aboya Foudre. Attention, on vient ! ajouta-t-il, les oreilles subitement dressées.

Il bondit hors du camping-car avec le bijou dans la gueule.

Julie se précipita derrière lui.

— Foudre ! Qu'y a-t-il ? Où vas-tu ? cria-t-elle en s'élançant à sa poursuite.

Elle fut arrêtée par Mme Lejeune, en robe à volants et talons aiguilles, qui étreignait sa fille en larmes.

— J'ai deux mots a te dire, jeune fille !

l'interpella-t-elle. Gaëlle a perdu son nouveau collier. Et je suis sûre que tu sais où il est !

— Moi ! se récria Julie, le souffle coupé.

— Ne joue pas les innocentes ! pleurnicha Gaëlle en se tamponnant les yeux avec un mouchoir. Je sais que c'est toi qui l'as volé.

Julie n'en crut pas ses oreilles.

— Mais je m'en fiche complètement, de ton stupide collier ! Pourquoi je te l'aurais pris ? C'est n'importe quoi !

— On se doute que tu vas pas nous l'avouer ! Et je parie que tu l'as caché dans ton camping-car. Viens, maman, allons voir.

— Une minute ! tonna une voix grave derrière elles.

— Papa ! s'écria Julie en apercevant son père.

— J'ai tout entendu. Et je peux vous assurer que ma fille n'est pas une voleuse. Si elle affirme qu'elle n'a pas pris ce collier, je la crois.

Mme Lejeune lui adressa un sourire charmeur.

— Dans ce cas, ça ne vous dérange pas qu'on jette un coup d'œil à l'intérieur ?

— Si, ça me dérange ! Gaëlle a dû l'égarer et je vous suggère de regarder chez vous avant d'accuser ma fille.

— Ah, vous le prenez de haut ! s'écria Mme Lejeune. Eh bien, vous aurez de nos nouvelles, je vous le promets. Viens, Gaëlle !

Gaëlle hésita un bref instant mais finit par la suivre.

Au moment où Mme Lejeune arrivait devant son camping-car en titubant sur ses talons aiguilles, elle poussa un cri de surprise.

— Qu'est-ce qui brille dans l'herbe ? Oh, c'est ton collier, Gaëlle ! conclut-elle en ramassant le bijou. Tu l'avais perdu !

— Mais… mais je ne comprends pas ! Je l'avais mis… euh… je… j'étais sûre…, bafouilla-t-elle.

— Qu'as-tu encore manigancé ? Et je te conseille de me dire la vérité, si tu ne veux pas être punie !

Elle claqua la porte, puis ce fut le silence. Julie soupira. Gaëlle allait passer un mauvais quart d'heure. Elle se tourna vers son père.

— Merci de m'avoir défendue, papa.

— C'est normal, ma chérie ! répondit-il en

lui serrant gentiment l'épaule. Il était grand temps que j'arrive.

Dès que M. Thibaut fut rentré dans le camping-car, Foudre sortit de sa cachette et courut vers Julie.

— Merci, Foudre. Quelle idée géniale d'avoir déposé le collier devant chez elle. Tu as complètement retourné la situation.

— Je suis ravi d'avoir pu t'aider, Julie. À mon avis, Gaëlle ne mentira plus avant longtemps.

8

Julie se réveilla de bonne heure le dimanche matin. Un soleil jaune pâle filtrait entre les rideaux.

Elle caressa Foudre qui sommeillait contre elle. Il remua la queue et s'enfouit dans la couette avec un soupir de bien-être.

Julie n'avait plus sommeil. Elle se leva doucement sans déranger Foudre et enfila un short et un tee-shirt. Elle fit bouillir de l'eau et apporta une tasse de thé à ses parents.

— Merci, ma chérie ! s'exclama son père, encore tout ensommeillé et les cheveux en bataille. Tu es bien matinale ! Ne me dis pas que tu vas aussi préparer le petit déjeuner ? ajouta-t-il d'une voix pleine d'espoir.

— Tu préfères de la brioche ou du pain grillé ? proposa aussitôt Julie avec un grand sourire.

Le temps de débarrasser la table et de faire la vaisselle, les autres Têtes en l'Air arrivaient.

— On ne pourra pas voler aujourd'hui, annonça Martine avec une grimace. Alors le gagnant a été désigné en fonction des meilleures performances de vol d'hier. Et nous sommes classés à la deuxième place derrière les Coureurs de Nuages.

— C'est pas si mal! répondit M. Thibaut, faisant contre mauvaise fortune bon cœur. Quel dommage qu'on ne puisse pas effectuer un dernier vol!

— L'avantage, c'est que tu n'auras pas à craindre qu'un monstre venu du ciel s'abatte sur toi, chuchota Julie à Foudre.

L'enclos était entouré de véhicules et de remorques et l'herbe disparaissait sous des kilomètres de nylon multicolore. Julie reconnut la nacelle des Coureurs de Nuages, couchée sur le côté. Dans le rugissement de ses deux brûleurs, le ballon noir à tête de loup finissait de se gonfler.

Julie se tenait près de son père et de sa mère quand les parents de Gaëlle se précipitèrent vers elle, traînant Matthieu à leur suite.

— Tu n'as pas vu Gaëlle ? demanda M. Lejeune à Julie.

— Non, pas depuis hier soir.

Mme Lejeune lui parut différente. Elle remarqua alors qu'elle portait un vieux jean avec un tee-shirt froissé et qu'elle n'était pas maquillée. Elle avait les yeux bouffis comme si elle avait pleuré.

— Que se passe-t-il ? l'interrogea gentiment Mme Thibaut.

— Gaëlle a disparu, répondit Mme Lejeune d'une voix blanche. Je l'ai encore grondée pour le collier et j'ai cru qu'elle était allée bouder dans son coin, comme d'habitude. Mais ça fait plus d'une heure qu'elle a disparu et je commence vraiment à m'inquiéter.

— Je vais vous aider à la chercher, proposa aussitôt Julie.

— C'est très gentil de ta part, surtout après ce qu'elle t'a fait, dit M. Lejeune.

— Tout le monde peut se tromper.

— Il vaudrait mieux nous séparer, déclara M. Thibaut.

— Bonne idée. Moi, je vais chercher du côté du parking, lança Julie en s'éloignant avec Foudre.

Dès qu'ils furent seuls, elle se pencha vers le chiot.

— Tu crois que tu pourrais retrouver la piste de Gaëlle?

— Je peux toujours essayer.

Il s'approcha du camping-car des Lejeune et renifla l'herbe. Au bout de quelques minutes, il releva la tête et poussa un jappement triomphant.

— Par ici!

Julie le suivit en courant tandis qu'il repartait vers les montgolfières. Le ballon noir à tête de loup flottait à quelques centimètres du sol, gardé par deux membres du club des Coureurs de Nuages qui lui tournaient le dos.

Julie surprit un mouvement du coin de l'œil. Une petite silhouette surgit de derrière un camion et, vive comme l'éclair, sauta sans être vue dans la gigantesque nacelle.

— Elle est là! dit-elle à Foudre.

Gaëlle se pencha pour remonter une amarre qu'elle décrocha et laissa retomber sur le sol. La nacelle pencha dangereusement.

Les deux coéquipiers se retournèrent. Comprenant aussitôt ce qui se passait, ils attrapèrent chacun une corde. Trop tard, le ballon s'élevait lentement tandis que Gaëlle détachait une deuxième amarre et la jetait par-dessus bord.

— Non, Gaëlle ! Arrête ! hurla Julie.

— Pourquoi ? Tu me détestes. Personne ne m'aime !

Pendant ce temps, la montgolfière poursuivait son ascension.

— Je ne t'ai jamais détestée et tes parents sont très inquiets. Ne touche plus à rien et laisse-les ramener le ballon au sol, la supplia Julie.

Gaëlle se mordilla la lèvre, indécise.

— Gaëlle ! Je t'en prie ! Qu'est-ce que tu fabriques ? Redescends tout de suite ! ordonna M. Lejeune qui accourait avec sa femme et Matthieu.

Brutalement soulevés du sol, les coéquipiers qui essayaient de retenir le ballon lâchèrent prise. Le ballon noir fusa dans les airs, emportant Gaëlle avec lui.

Julie vit la toile onduler sous la force du vent. Le ballon s'inclina et la tête de loup parut ricaner à mesure qu'il se dégonflait.

Gaëlle, agrippée au bord de la nacelle, se mit à hurler.

Julie poussa un cri d'horreur. Le ballon allait s'écraser!

9

Le temps parut s'arrêter.

Le poil de Foudre jeta des étincelles dorées, ses oreilles crépitèrent. Il s'élança dans le ciel, semant telle une comète une nuée de paillettes dans son sillage, et atterrit à côté de Gaëlle.

Les brûleurs crachèrent des flammes et le ballon se redressa. Un scintillement parcourut la nacelle et des cordes se déroulèrent jusqu'au sol.

Des dizaines de mains se tendirent pour les saisir et amarrer la montgolfière.

Foudre sauta dans l'herbe et courut rejoindre Julie.

Le père de Gaëlle monta d'un bond dans le panier et étreignit sa fille.

— Tu n'as rien, ma chérie? J'ai eu si peur! Heureusement que tu as eu la bonne idée d'allumer les brûleurs et de nous jeter ces cordes.

Gaëlle, livide, hésitait entre le rire et les larmes.

— Les b... brûleurs? Les c... cordes..., bredouilla-t-elle d'une toute petite voix. Mais... je... je n'y ai pas .

Son père, sans l'écouter, l'aida à descendre de la nacelle. Un de ses coéquipiers se précipita pour la soutenir. Tout le monde applaudit en poussant des cris de joie.

Gaëlle, embarrassée, fixait ses pieds.

— Merci à tous. Je... je ne voulais pas faire ça. Heureusement, personne n'a été blessé par ma faute.

Julie nota que, pour une fois, elle semblait sincère.

Elle se pencha vers Foudre assis à ses pieds. La dernière étincelle s'était éteinte dans sa fourrure. Elle aurait voulu le serrer dans ses bras, mais la foule l'en empêchait.

— Quel courage tu as eu d'allumer ces brûleurs alors que tu as si peur du feu!

— Je suis content d'avoir pu sauver Gaëlle. Mais je ne veux plus jamais voler!

Julie s'aperçut que Gaëlle la regardait d'un drôle d'air. Elle avait dû la voir parler avec Foudre!

Gaëlle haussa les épaules et sourit d'un air entendu.

— Il se produit des choses bizarres quand tu es là, Julie! J'aimerais bien comprendre comment tu fais, mais je suppose que je ne le saurai jamais. En tout cas, merci de m'avoir secourue. Je regrette d'avoir été si méchante avec toi. Tu veux bien tout oublier et devenir mon amie?

— Avec plaisir, répondit Julie, un sourire aux lèvres.

— Super! Tu veux venir visiter notre camping-car? Tu ne connais pas encore l'intérieur.

Il y a une salle de douche gigantesque, un écran géant, et tout et tout!

Julie soupira. Gaëlle ne changerait jamais, mais au moins faisait-elle un effort pour être gentille.

— Oui, ça me plairait beaucoup, merci.

Gaëlle lui sourit.

— Alors à tout à l'heure, dit-elle en prenant Matthieu par la main.

Maintenant que tout était rentré dans l'ordre, chacun repartit à ses occupations. Soudain, Foudre poussa un gémissement. Tremblant de tous ses membres, il fonça se réfugier sous un buisson.

Un horrible pressentiment serra le cœur de Julie.

— Je... je reviens tout de suite, bredouilla-t-elle à sa mère avant de se précipiter derrière le chiot terrorisé.

Elle aperçut trois énormes chiens qui couraient, eux aussi, vers le buisson. Elle remarqua aussitôt leurs yeux très pâles et leurs crocs très longs. Ténèbre les avait ensorcelés pour attaquer Foudre !

Alors que Julie s'enfonçait sous les feuillages, une lumière dorée éblouissante illumina la pénombre.

Foudre avait repris son apparence de jeune loup à la superbe fourrure argentée. Des milliers de diamants minuscules scintillaient dans son pelage. Derrière lui se tenait une louve au regard bienveillant.

Julie comprit alors que Foudre allait la quitter. Malgré son chagrin, elle devait se montrer courageuse.

— Foudre, va-t'en vite ! cria-t-elle, la gorge nouée par le chagrin.

— Prends bien soin de toi, Julie, répondit-il d'une voix grave et veloutée. Tu as été une merveilleuse amie.

Il y eut une nouvelle explosion de lumière dorée et un crépitement d'étincelles, puis Foudre et sa mère disparurent.

Des grondements de rage s'élevèrent des buissons. Voyant que Foudre leur avait échappé, les trois chiens retrouvèrent aussitôt leur allure normale et détalèrent.

Julie resta pétrifiée. Tout s'était passé si vite ! Elle avait le cœur brisé. Cependant, elle avait eu la chance de pouvoir dire au revoir à Foudre. Et il était sain et sauf. Elle espérait qu'un jour il pourrait regagner définitivement son monde et prendre la tête du clan de la Lune Griffue.

Les larmes aux yeux, elle revint à pas lents vers le parking. Elle n'oublierait jamais la fabuleuse aventure qu'elle avait vécue avec lui.

Elle pensa à Solène et décida de lui acheter

une peluche. Elle sourit en apercevant Gaëlle qui l'attendait. Et si elle lui en offrait une, à elle aussi ? Oui, elle choisirait pour chacune un joli petit chien.

« D'ailleurs, songea-t-elle, tout le monde devrait avoir son chiot magique ! »

**Découvre comment Foudre
apparaîtra dans les prochaines
histoires :**

Des livres plein les poches, des histoires plein la tête

les chiots magiques

Demande vite ton cadeau magique !

Stickers*

Cartes postales*

Pour recevoir ces cadeaux, achète 6 livres de la collection *Les chiots magiques* !

Bloc-notes*

Reçois ton cadeau magique : des stickers, des cartes postales et un bloc-notes !

Pour cela, renvoie ce bulletin dûment complété, avec les tickets de caisse justifiant de l'achat de 6 romans de la collection *Les chiots magiques*, à l'adresse suivante : «Opération Chiots magiques Cedex 2775 - 99277 Paris Concours - du 01/03/10 au 31/12/10 ». Merci de bien entourer les achats sur les tickets de caisse, et d'écrire très lisiblement.

NOM : _____

PRÉNOM : _____

ADRESSE : _____

_____

CODE POSTAL : _____

VILLE : _____

PAYS : _____ ÂGE : _____

Cet ouvrage a été imprimé en France par

C P I
Bussière

à Saint-Amand-Montrond (Cher)
en février 2010

Cet ouvrage a été composé par
PCA - 44400 REZÉ

12, avenue d'Italie
75627 PARIS Cedex 13

— N° d'imp. 100427/1. —
Dépôt légal : mars 2010.
S 18935/01